STEFAN HIENE

WELTMEISTERER

STEFAN HIENE

WELTMEISTERER

STEFAN HIENE

WELT MEIS TER ER

Stefan Hiene, Weltmeisterer

stefanhiene.de

Produktion: Aufwachkultur Ltd., Zypern 2024

ISBN: 978-3-947462-05-6

1. Auflage 2024

DIESES BUCH WIDME ICH DIR.

»ICH WÜNSCHE DIR, DASS DU DER MEISTER DES LEBENS WIRST.«

— Bruno Gröning —

Schau bei mir im Internet vorbei:
stefanhiene.de

**»ICH WOLLTE WELTMEISTER WERDEN
UND HABE GELERNT,
WIE MAN DIE WELT MEISTERT.«**

— Stefan Hiene —

INHALTSVERZEICHNIS

VORWORT

Ein Weltmeister, der die Welt nicht meistert, ist keiner.

Mein Fokus war auf den vollkommen falschen Bereich ausgerichtet:

Mir ging es um den Weltmeistertitel!

Mir ging es nicht darum, die Welt zu meistern.

Das Verrückte daran ist, dass es diese Welt nicht gibt, die du meistern kannst.

Zumindest nicht so, wie es sich anhört, wenn man das sagt.

Jemand, der lernt, wie man die Welt meistert, lernt sich selbst kennen.

Auf einer derart tiefen Ebene, wie es den meisten Menschen überhaupt nicht klar ist.

Jemand, der lernt, wie man die Welt meistert, schaut nicht mehr auf andere, sondern auf sich.

Jemand, der lernt, wie man die Welt meistert, beobachtet sich selbst.

Jemand, der lernt die Welt zu meistern, beobachtet sich selbst so intensiv, dass er das Äußere in sich wahrnimmt.

Dadurch wird ihm klar, dass es da draußen nichts mehr zu bearbeiten gibt, weil alles in ihm ist.

In Liebe
Stefan

**DER WEG ZU
EINEM ERFÜLLTEN LEBEN?
MACH MEHR VON DEM,
WOFÜR DU KRITISIERT WIRST.**

**ES GAB NOCH NIE EINE STATUE,
DIE FÜR EINEN KRITIKER
GEBAUT WURDE.**

**DU BIST KEIN KRITIKER,
SONDERN EIN SCHÖPFER.**

1. Kritik

Es gibt zwei Stimmen, denen du folgen kannst:

Die eine ist die Stimme deines Umfeldes und der Gesellschaft.

Die andere ist die Stimme und der Ruf deines Lebens.

Sei radikal und folge der zweiten, während du die erste vollkommen ignorierst.

Je konsequenter, desto besser!

Ja, es ist eine Herausforderung und du wirst dafür kritisiert werden.

Das Geschenk, das du dadurch erhältst, ist aber so viel größer, sodass du über die Kritiker schon bald nur noch lachen kannst.

Selbst dann, wenn sie sich als »konstruktive« und »spirituelle« Kritiker tarnen, die dir »nur helfen« wollen.

BEOBACHTE DEN, DER ZU ALLEM EINEN KOMMENTAR HAT. DAS BIST NICHT DU.

DIE GRÖSSTE ALLER FREIHEITEN: DEN ANDEREN SO SEIN LASSEN, WIE ER IST.

BIST DU IN DER LAGE, DICH SELBST ZU LOBEN?

2. Urteile

»Wenn du über andere urteilst, verurteilst du damit immer und in gleichem Maße dich selbst!«

Ich möchte dir dazu etwas aus meiner Vergangenheit erzählen:

Ich war der Skeptiker.

Ich war der Zyniker.

Ich war derjenige, der dachte, das Leben sei unfair.

Ich war der, der rebelliert hat, weil er nicht verstanden hat, was das hier soll!

Ich war der, der dachte, alle seien gegen ihn.

Ich war der, der gekämpft hat.

Die Frage deines Lebens ist: Was hältst du von der Welt?

Welches Urteil hast du über sie?

Bist du im Widerstand zu ihr?

Und welches Urteil hast du über die Menschen?

Verurteilst du andere?

Dann verurteilst du auch dich selbst!

Wenn du aufhörst, andere zu verurteilen, hörst du dadurch automatisch auch damit auf, dich selbst zu verurteilen.

Erst dann hast du die Möglichkeit, die wahre Schönheit des Lebens zu entdecken.

JEDES WISSEN JENSEITS DEINER EIGENEN ERFAHRUNG IST EINGEBILDET.

IN EINER GESELLSCHAFT, IN DER SICH ALLE VERSCHENKEN, KANN ES KEINE DIEBE GEBEN.

WIRKLICH FREIE MENSCHEN BRAUCHEN KEINE STRUKTUREN.

3. Freiheit

Das grundlegende Problem unserer Betrachtungsweise des Lebens:

Wir beobachten und beurteilen die Menschen innerhalb von Systemen, ohne die Systeme grundlegend in Frage zu stellen.

Ein Beispiel:

Wenn wir sehen, dass Kinder viel Computer spielen, dann stellen wir unsere Erziehungsmethoden und unsere Lehrmethoden zwar in Frage, denken aber nur an ihre Veränderung und Anpassung statt an die Abschaffung selbiger.

Wir sagen dann: »Ja, aber ganz ohne Erziehung kann es doch nicht gehen!«

Wir wünschen uns Freiheit, um dann zu sagen: »Ja, aber ganz ohne Gesetze kann es doch nicht gehen!«

Wir können es uns einfach nicht vorstellen, dass es ohne Schule, ohne Erziehung und ohne Gesetze in echter Freiheit geht, weil wir es nie erlebt haben.

Wir wissen gar nicht, was Freiheit ist.

Unser Horizont ist zu begrenzt.

Und da wir die Erfahrung nie gemacht haben, sind wir ängstlich.

Folglich treffen wir unsere Entscheidungen nicht aufgrund von Möglichkeiten, sondern aufgrund von Angst.

Die war aber schon immer ein schlechter Ratgeber.

Wahrheiten brauchen keine Gesetze.

Wenn Schule hilfreich ist, setzt sie sich ohne Schulpflicht durch.

Wenn Geschichte wahr ist, erinnern wir uns ohne Gesetz daran.

Wenn Stehlen unmoralisch ist, verstehen wir, welche Ideen und welcher emotionale Bedarf dazu führen, dass jemand stiehlt und wir haben Mitgefühl mit dem Dieb, statt ihn einzusperren.

Es ist an der Zeit, Freiheit wirklich zu leben.

Nicht nur als Idee oder in Gedanken davon zu träumen, sondern jetzt und hier wirklich damit anzufangen.

Sonst bleibt Freiheit eine nie gelebte Hypothese, das unerreichbare Paradies, in dem wir nie ankommen.

Freiheit ist bereits.

Dann erst kommt alles andere!

ERFOLG IN SEINER URSPRÜNGLICHSTEN VARIANTE: ERFOLGREICH DU SELBST SEIN!

DEINE SELBSTERKENNTNIS IST DER BEGINN DEINER WIEDERGEBURT.

JE ERLEUCHTETER DU BIST, DESTO UNBEDEUTENDER FÜHLST DU DICH.

4. Erleuchtung

Ich muss hier dringend etwas klarstellen:

Der Grund, warum du hier bei mir so viele triffst, die das gut finden, was ich mache, liegt vor allem darin, dass ich diejenigen, die es nicht gut finden, in die Wüste geschickt habe.

Dadurch können wir hier mehr Friede-Freude-Eierkuchen spielen.

Wenn du denkst, dass du den Konflikt und die Kritik brauchst, um dich weiterzuentwickeln, dann schnall dich gut an und warte mal ab, was passiert, wenn dich jemand so sieht, wie du wirklich bist.

Dann kannst du nämlich deine Masken und Rollen getrost zu Hause lassen.

Sie haben hier keinen Wert mehr.

Wenn du denkst, dass das ganz schön hart von mir ist, jemanden in die Wüste zu schicken, weil er mir nicht passt, dann frag dich mal, wie hart es dir selbst gegenüber ist, jemanden zu ertragen, der dir auf den Sack geht, weil du es ihm recht machen willst oder weil du ihn davon überzeugen willst, wie recht du hast.

Fühlst du den Schmerz schon oder brauchst du noch ein paar Sekunden?

Ich mach das hier nicht, weil ich es so gut kann.

Ich mach das nur, weil ich verrückt werde, wenn ich es nicht mache und weil das Zeug einfach rauswill.

Ich kann es nicht mehr für mich behalten, weil ich sonst einen Inspirationsstau bekomme und weil mein Verstand das alles gegen mich verwendet und Widersprüche daraus bastelt, die in Wirklichkeit gar nicht existieren, wenn ich es nicht in die Welt schicke.

Ich bin übrigens nie so »aufgewacht«, wie du es gerne in Büchern liest.

Ich hatte kein Satori, während dem ich erlebt habe, dass wir alle eins sind.

Ich schwebe nicht und ich fühle nicht ständig nur unendliche Liebe.

Meine Programmierung zu ignorieren war und ist mitunter ein schmerzhafter Prozess für mich.

Diesen Prozess zu verdrängen wäre aber noch schmerzhafter.

Ich kann nicht mehr anders, als die Wahrheit zu sagen und sie so oft wie möglich zu leben.

Das ist für mich das Einzige, was wirklich alternativlos ist.

Erleuchtung ist für mich kein Dauerzustand.

Seit ich bereit bin, das anzunehmen, was jetzt hier ist, wünsche ich mir diesen Dauerzustand, der nur eine neue Flucht wäre (eine nette spirituelle Flucht zwar, aber trotzdem eine Flucht vor dem, was jetzt gerade hier ist), auch gar nicht mehr.

Für mich ist es wie das Flackern eines Blinklichts:

Ich bin ... erleuchtet, nicht erleuchtet, erleuchtet, nicht erleuchtet, erleuchtet ...

Je schneller es sich abwechselt, desto mehr sieht es wie konstantes Licht aus.

Deshalb schreibe ich hier auch nicht davon, wie man nur noch Licht und Liebe ist, sondern davon, wie man mit dem Flackern experimentiert.

Obwohl sich mein Leben äußerlich nicht sehr stark verändert hat, lebe ich innerlich in einem anderen Universum.

Meine Innenwelt könnte nicht konträrer zu dem sein, was ich über drei Jahrzehnte für real gehalten habe.

Wenn ich über Erfolg schreibe, meine ich genau das damit:

Deinen inneren Erfolg, deine erfolgreiche Transformation von der Rechthaberei zur gelebten Erkenntnis, von der Philosophie zur Weisheit und vom Kalenderspruch zur gelebten Wahrheit.

Diesen Erfolg kann niemand machen und niemand garantieren.

Aber du kannst dich auf diesen Weg einlassen und jeden Tag wieder neu anfangen.

Jeden Tag ein bisschen mehr flackern.

Jeden Tag ein Stück wahrhaftiger und ehrlicher.

Jeden Tag ein neuer Mensch.

Und jeden Tag wieder am Anfang.

Und jetzt mach ich hier weiter mit Friede-Freude-Eierkuchen und schau mal, was dabei herauskommt.

Ich bin gespannt, wie lange du es aushältst und was bei dir passiert!

DU BIST DIE, IN DER DIESE WELT ERSCHEINEN DARF. WELCHEN WERT HABEN DA SCHLECHTE GEDANKEN?

ICH SEHE DIE WELT NICHT, WIE SIE IST. ICH SEHE DIE WELT, WIE SIE IN MIR IST, WIE ICH BIN.

UNSERE VORSTELLUNGEN VON UNS UND DER WELT VERHINDERN, DASS DAS LEBEN UNS FÜLLT.

5. Die Welt in dir

Diese Welt ist in dir!

Geliebte, obwohl ich weiß, dass du in Zeiten von Chaos, Verunsicherung und großer Angst nach einfachen Erklärungen und Lösungen suchst und gerne andere verantwortlich machst, möchte ich dich heute sanft aus deinem Schlaf erwecken:

Diese Welt ist nicht die Welt der anderen.

Diese Welt wurde von dir erschaffen.

Sie ist dein Werk.

Du bist nicht mehr oder weniger Gott als jeder andere Mensch — ganz egal für wie fehlgeleitet du ihn auch einschätzen magst.

In deiner Ablehnung »bösen Menschen« gegenüber erschaffst du sie.

Es sind dein Hass, deine Gewalt, deine Gräueltaten.

Sie haben nicht nur ein bisschen, sondern ganz viel mit dir selbst zu tun.

Wenn du traurig, voller Hass und Angst bist, ist nicht dein Beileid gefragt.

Diese Gefühle wollen von dir gefühlt werden.

Was jetzt gefragt ist, ist dein Mitleid mit dir selbst.

»Das könnte ich nicht!« ist die erste Lüge, mit der du beginnst, dich von dir selbst und deiner Göttlichkeit abzuspalten.

Du bist das alles.

Auch das, was du innerlich ablehnst und von dir abgetrennt hast.

Wenn du wieder eine Einheit bist, verschwindet der Schmerz in deiner Welt ganz automatisch.

Wenn du mir nicht glaubst, lass es bitte wenigstens auf einen Versuch ankommen.

Wir haben es Jahrtausende anders versucht und es hat nicht funktioniert.

Jetzt ist die Zeit, um aus dem Schlaf aufzuwachen und die Matrix zu erkennen, die du für dich selbst erschaffen hast, um herauszufinden, wer du wirklich bist.

Verweigere dich nicht deiner Hochzeit mit dir selbst!

Alles ist deins.

Du bist das.

Die Welt ist in dir!

**ICH BIN NICHT DESHALB LEHRER,
WEIL ICH EIN ZERTIFIKAT HABE ODER
WEIL MIR JEMAND DIE ERLAUBNIS
DAZU GEGEBEN HAT.
ICH BIN EIN LEHRER UND
ICH LEHRE, WEIL ICH ES KANN.**

**DIE WICHTIGSTE AUSBILDUNG
DEINES LEBENS IST DIE ENTBILDUNG
DER EINBILDUNG.**

**TIEF IN DIR WARTET ETWAS AUF DICH,
AUF DAS DU DICH NICHT
VORBEREITEN MUSST.**

6. Schein oder Sein

Schein oder Sein?

Da ich es von meinen Teilnehmern öfter höre und unsere Gesellschaft darauf baut, dass du den Scheiß glaubst:

Hast du auch die Idee, dass du erst noch eine Ausbildung brauchst, um etwas machen zu können?

Glaubst du auch, dass du eine Erlaubnis von offizieller Seite benötigst?

Eine Teilnehmerin sagte mir vor Kurzem, dass sie unbedingt diesen Schein möchte.

Ich verstand das Wort Schein im Sinne von »Anschein«.

Wie passend, dass wir einen Schein bekommen, um den Anschein zu erwecken, dass wir jetzt gut genug sind, um etwas ganz offiziell machen zu dürfen!

Ich möchte dir diese Absurdität anhand eines Beispiels erklären:

Valentino Rossi ist 9-facher Motorrad-Weltmeister, einer der besten Rennfahrer aller Zeiten.

Was glaubst du, wie er das wurde?

Glaubst du wirklich, Valentino Rossi interessiert sich vor, während oder nach dem Rennen oder Training dafür, ob er die Führerscheinprüfung bestanden hat?

Glaubst du, er interessiert sich dafür, was er offiziell darf?

Oder glaubst du, er interessiert sich für seine Fähigkeiten und deren Optimierung?

Glaubst du wirklich, er stresst sich für einen Test oder glaubst du, er liebt das Spiel mit der Geschwindigkeit?

Ganz ehrlich und unter uns?

Er interessiert sich einen Scheiß für den Führerschein und der Fahrlehrer ist wirklich bei Weitem nicht sein Maßstab!

Würde er sich seinen Fahrlehrer als Maßstab nehmen, hätte er bereits verloren, bevor er an der Startlinie steht.

Er interessiert sich nicht dafür, wie er erscheint, sondern dafür, wie er ist.

Er interessiert sich für sein Sein, wenn er schnell Motorrad, wenn er die perfekte Kurve und das perfekte Überholmanöver fährt.

Valentino Rossi hat dieses Prinzip so sehr verstanden, dass er sich auf seiner Ranch sogar einen eigenen Motorrad-Spielplatz gebaut hat.

Ich bin zwar kein Weltmeister, aber ein Weltmeisterer und im Mountainbikesport ist es ähnlich:

Da gibt es Verbände, die so tun, als wären sie die oberste Instanz für Bikeguides und Techniktrainer.

Glaubst du wirklich, dass ich der Meinung bin, nach 25 Jahren Rennsport brauche ich dringend einen Schein, um Techniktrainings anbieten zu können?

Glaubst du wirklich, dass ich nach 10 Jahren »Techniktrainer sein« der Meinung bin, erst noch lernen zu müssen, wie ich etwas vermitteln kann?

Ich habe noch keinen Techniktrainer getroffen (und ich kenne einige), der an meine Art auch nur annähernd herankommt.

Und niemand kann meine Lehrmethoden besser als ich.

Mein Techniktraining ist mit meiner Geschichte und mit meiner Art zu leben aufs Engste verbunden.

Wenn man in meinen Kursen genau zuhört und sich öffnet, bekommt man ganz nebenbei unbezahlbare Hinweise für ein glückliches und zufriedenes Leben kostenlos mit dazu.

Ich spiel da nicht in einer anderen Liga, sondern in einem vollkommen anderen Universum!

In diesem Universum reicht es nicht, wenn du es nur für dich verstanden hast, was du da eigentlich machst.

Du musst auch noch in der Lage sein, das so zu vermitteln, dass es für andere verständlich ist.

Ganz nebenbei bemerkt: Ich kenne einen Trainer mit offiziellem Schein, der deutlich besser fährt als ich, aber in seinen Kursen ständig Verletzte hat.

In meinen Kursen gab es in zehn Jahren zwei Unfälle und nur einen davon mit einer Verletzung.

Und du denkst, ich will diesen Schein?

Und du denkst, du brauchst diesen Schein?

Natürlich gibt es Berufe, in denen es nicht ohne »Schein« geht ... sogar im doppelten Sinne nicht.

Aber es geht ja auch nicht um den Schein selbst, sondern um deine innere Haltung!

Und selbst in diesen Berufen mit »Scheinzwang« (welch geniale Doppeldeutigkeit) gibt und gab es immer wieder Menschen, die einen Weg gefunden haben, diesen Schein nicht zu brauchen oder die so perfekt gespielt haben, dass sie vollkommen unauffällig ohne die notwendige Qualifikation praktiziert haben.

Und es gibt auch diejenigen, die den Schein erhalten haben, obwohl sie nur einen Bruchteil der Voraussetzungen dafür haben.

Das Einzige, was jemals von dir gefordert wird, ist dein Sein.

Dein So-Sein, wie nur du sein kannst.

Das kann dich niemand lehren.

Das kann dir niemand beibringen.

Diese Prüfung kann dir niemand abnehmen.

Das kannst nur du selbst, indem du dich so zulässt, wie du wirklich bist.

Ich wünsche mir von Herzen viel mehr Sein als Schein von dir!

PS: Falls wir uns mal treffen und du mir einen Schein mitbringst, trete ich den als Erstes in die Tonne.

Und dann interessiere ich mich für alles, was übrig ist.

Du wirst erstaunt sein, wie viel ich in dir sehe!

LEBEN IST NICHT AUSGEGLICHEN.
LEBEN IST RADIKAL.

ES IST ECHT AN DER ZEIT,
DASS WIR ECHT WERDEN!

SEI DIR SELBST SO WICHTIG,
DASS ES FÜR DICH
NICHT MEHR WICHTIG IST,
OB DU FÜR ANDERE
WICHTIG BIST.

7. Radikal sein

Da ich Offensichtliches und Wesentliches ausspreche, bin ich manchen zu radikal.

Radikal sein bedeutet, an die Wurzel zu gehen.

Als Mountainbiker waren die Wurzeln bisher nicht gerade meine Freunde — vor allem die nassen nicht.

Aber ich lerne, sie zu meistern, auch wenn sie mir weiterhin einen Schrecken einjagen.

Geliebte, wäre es dir wirklich lieber, wenn ich dich anlüge?

Das ist doch das Spiel, das du schon kennst.

Viele andere spielen es — wahrscheinlich dein gesamtes Umfeld und du selbst bisher sehr wahrscheinlich auch.

Deshalb sage ich dir, wie es ist:

Wenn du dich veränderst, werden dich Menschen verlassen.

Punkt.

Das ist unvermeidbar!

Wenn dich niemand verlässt, hast du dich nicht verändert.

Du hast nur so getan als ob und du hast versucht, es weiterhin allen recht zu machen und die liebe Tochter oder das liebe Mädchen von nebenan zu spielen.

Vergiss den Scheiß!

Deine ehemaligen Lehrer werden dich nie als Lehrerin akzeptieren.

Deine Nachbarn werden nie die Prophetin in dir sehen.

Und dein Vater und deine Mutter werden die Göttin, die du bist, nicht feiern können.

Dazu müssen andere Menschen in dein Leben kommen.

Menschen, die dich ohne Konditionierung, ohne Geschichte und ohne Rolle sehen können.

Die meisten meiner früheren Freunde sind nicht mehr meine Freunde.

Falls sie hier mitlesen, fragen sie sich sehr wahrscheinlich: »Was ist denn mit dem Hiene los?«

Gestern habe ich meine innere Veränderung auch äußerlich gezeigt und bekomme seitdem unzählige Abmeldungen von meinem Newsletter.

Und ich feiere das wie noch nie!

Sie machen Platz für die Neuen, die seit heute schrittweise dazukommen, weil sie sich von dem angezogen fühlen, was ich zu geben habe — ganz ohne Werbung.

Wenn dir jemand die Freundschaft kündigt oder wenn du merkst, dass du eine Freundschaft nicht mehr aufrechterhalten kannst, freu dich darüber und freu dich über deine Klarheit.

Es ist ein Zeichen für deinen Fortschritt!

Diejenigen, die dich verlassen, haben sowieso nicht zu dir gepasst und sie werden in Zukunft noch viel weniger zu dir passen.

Sie werden deine Schritte nicht verstehen, sie werden deinen neuen Weg nie akzeptieren.

Du wirst es ihnen nie so erklären können, wie sie es hören wollen, damit sie dich verstehen.

Dafür kommen aber neue Menschen in dein Leben, die dich verstehen und die dich so feiern können, wie du wirklich bist.

Menschen, die deine Essenz sehen.

Menschen, die dich urteilsfrei und bedingungslos als ihr eigenes Selbst annehmen.

Es werden immer mehr!

Wir warten auf dich.

Freu dich darauf, verlassen zu werden.

Erst wenn du verlassen wirst und wenn du dich unendlich einsam fühlst, bist du bereit für deine Hochzeit mit dir selbst!

**DAS GESETZ DER ANZIEHUNG
FUNKTIONIERT NICHT, WEIL DU DAS
GESETZ DER ABSTOSSUNG NICHT LEBST,
OBWOHL DU ES KENNST.**

**DU TRAUST DICH NICHT,
DEINEN GEFÜHLEN
DER ABLEHNUNG ZU FOLGEN,
WEIL MAN DIR
DAS AUSGETRIEBEN HAT.**

**FOLGE DER ABSTOSSUNG GENAUSO
WIE DER ANZIEHUNG, DANN LEBST DU
BEIDE SEITEN DEINES NAVIGATIONSSYSTEMS,
MUSST NICHTS VERDRÄNGEN UND BIST
EINFACH GRUNDLOS GLÜCKLICH.**

8. Anziehung

Wir lesen ständig vom Gesetz der Anziehung und dann versuchen wir es auf die denkbar ungünstigste Art und Weise einzusetzen:

Indem wir die Zukunft beeinflussen wollen.

Dabei hilft dir das Gesetz der Anziehung bereits jetzt, die richtigen Entscheidungen zu treffen.

Du müsstest dich nur trauen, das Gesetz der Anziehung auch jetzt bereits einzusetzen und alles, was keine guten Gefühle bei dir auslöst, sofort sein zu lassen und nur noch das tun, was gute Gefühle auslöst.

Aber das traust du dich nicht, denn so viel bedingungsloses Vertrauen hast du dann doch nicht in das Gesetz der Anziehung.

Du willst dieses Gesetz nur bedingt und mit allen Annehmlichkeiten anwenden und nichts machen, was deine Situation wirklich verändern würde.

Deshalb funktioniert das Gesetz der Anziehung nicht in deinem Leben.

Du steuerst dich selbst nach wie vor über die Angst und über den Mangel statt über Liebe und Fülle.

Bevor du in Fülle leben kannst, kann es aber notwendig sein, dass Altes wegbricht und dich Menschen verlassen, die nicht mehr zu dir passen.

Wenn du das verstanden hast und dich entscheidest, bereits jetzt in Liebe und Fülle zu leben, musst du das Gesetz der Anziehung nicht mehr für dich anwenden.

Es arbeitet nämlich sowieso ständig für dich — entsprechend deiner Schwingung.

Wenn du dein angeborenes Navigationssystem wirklich nutzt, brauchst du keine einzige Übung machen, um etwas zu verändern, weil sich automatisch alles genau richtig verändert.

**DU BIST BEWUSSTSEIN,
DAS VERGESSEN HAT,
DASS ES BEWUSSTSEIN IST.**

**DU BIST DIE MÖGLICHKEIT GOTTES,
SICH SELBST ZU ERFAHREN.**

**DAS UNIVERSUM KÜMMERT SICH
PERFEKT UM SICH SELBST,
WENN WIR ES IN RUHE LASSEN.**

9. Bewusstsein

Hier stehen wir nun und wir denken, wir seien schlau.

Wir wissen noch nicht einmal, wozu wir hier sind.

Wir wissen noch nicht einmal, was wir hier eigentlich machen.

Wir wissen noch nicht einmal, woher wir gekommen sind.

Wir wissen noch nicht einmal, wohin wir gehen.

Und wir wissen überhaupt nicht, was das alles soll.

Zu vielfältig sind die möglichen Szenarien.

Zu unwahrscheinlich ist ein kosmischer Zufall wie dieser.

Und trotzdem denkst du, dass du auf einem Arbeitsplaneten mitten im Universum lebst?

Und du hast echt die Nerven, anderen das Leben erklären zu wollen?

Du traust dich wirklich, mir zu sagen, wie ich leben und was ich schreiben sollte?

Du willst mit mir echt über gut und böse und über richtig und falsch diskutieren?

Jede Philosophie, die dich nicht näher zum Menschen bringt, ist das Papier nicht wert, auf dem sie geschrieben wurde.

Jedes Wort, das aus deinem Mund kommt, ohne durch deine Liebe geflossen zu sein, ist sinnlos.

Jeder Atemzug, den du tust, ohne die Liebe zu fühlen, in der du ununterbrochen badest, ist ein verschwendeter Atemzug.

**WENN DU ÜBER ANDERE URTEILST,
VERURTEILST DU IMMER UND IN
GLEICHEM MASSE DICH SELBST.**

**SOBALD DU ZIELE HAST,
BIST DU MANIPULIERBAR
UND WIRST SELBST MANIPULATIV.**

**DAS GRÖSSTE
VORSTELLBARE EXPERIMENT:
STERBEN, UM ZU LEBEN.**

10. Experimente

Weißt du, warum ich Experimente so sehr liebe?

Die Wahrscheinlichkeit, dass du ein Experiment bist, dass wir alle und unser Leben hier ein Experiment sind, ist verdammt hoch.

Du hältst es für unwahrscheinlich, weil es so groß ist.

Ich halte es für wahrscheinlich, weil es so groß ist.

Je größer ein Experiment angelegt wird, desto leichter ist es zu kontrollieren beziehungsweise desto weniger muss es kontrolliert werden, weil es selbstorganisierend wird.

Ganz egal, ob du das auf einer höheren, göttlichen Ebene oder auf der rein menschlichen Ebene betrachtest — also vollkommen unabhängig davon, ob es ein technologisch weiterentwickeltes oder ein höheres Wesen ist:

Wenn wir ein Experiment sind, bedeutet das zwingend, dass wir urteilsfrei beobachtet werden.

Und deshalb finde ich Experimente so spannend!

Wenn du dich nun selbst urteilsfrei beobachtest, wird ein geniales Spiel daraus.

Du befreist dich vom Zustand des Forschungsobjektes, dem etwas geschieht und wirst selbst zum Beobachter.

In diesem Zustand bist du nicht mehr manipulierbar.

Manipulation funktioniert nur, solange du dich identifizierst als jemand, dem etwas geschieht.

Dein Denken kann manipuliert werden, dein Beobachten nicht.

Stell dir jetzt mal deinen Beobachter vor!

Wie fühlst du dich als Beobachter und Forscher, wenn deine Forschungsobjekte selbst beginnen, urteilsfrei zu forschen und zu beobachten?

Das, was jetzt in dir berührt wird, dieses Staunen und diese Freude, ist das Ziel eines jeden Experiments.

Als Abenteurer, Pionier, Forscher und neugieriger Beobachter erfüllst du den Sinn deines Experiments und damit den Sinn des Lebens.

Beobachte und experimentiere so viel wie möglich!

**EINE MÖGLICHKEIT
ZUR DEPROGRAMMIERUNG IST ES,
DAS GEGENTEIL VON DEM ZU TUN,
WAS DEINE PROGRAMMIERUNG
VON DIR ERWARTET.**

**DER ANDERE FÜHLT LIEBE,
WENN ICH GEGEN MEINE
PROGRAMMIERUNG VORGEHE.**

DEIN EGO IST GÖTTLICH!

11. Ego

Weil es so grundlegend falsch verstanden wird, möchte ich dir etwas zu meinem und deinem Ego erklären:

Unser Ego ist nicht das, was wir als egoistisch bezeichnen.

Unser Ego ist unsere Programmierung.

Egoistisch zu sein, im Ego zu leben, ist also nicht zwangsläufig selbstsüchtig, rücksichtslos und unanständig.

Egoistisch zu sein bedeutet, in deiner Programmierung zu leben und sie und deinen Wesenskern nicht zu erkennen.

Wenn ich zum Beispiel meine Erfolge als spiritueller Lehrer und Aufwachmediziner hier veröffentliche, dann geht das voll gegen meine Programmierung.

Mein Ego feiert nämlich weder mich selbst noch andere gerne.

Mein Ego wäre gerne einfach nur der Held, der ich nicht bin.

Und lustigerweise ist es meinem Ego gar nicht recht, wenn es sein Ziel erreicht hat und dann plötzlich im Mittelpunkt steht.

Mein Ego ist zutiefst widersprüchlich.

Mein Ego würde sich gerne gegen diesen Weg hier entscheiden.

Mein Ego ist nicht gerne verletzlich.

Mein Ego zeigt nicht gerne Gefühle.

Mein Ego weint nicht gerne in der Öffentlichkeit.

Mein Ego hat ständig eine Vorstellung davon, wie es sein sollte und kann deshalb diesen Moment nicht akzeptieren, geschweige denn genießen.

Wenn du dich nun über mein Ego aufregst und dich beschwerst, dass es da einen Stefan Hiene gibt, der sich aufspielt, als wäre er der Dalai Lama höchstpersönlich ... dann ist das deine Programmierung.

Es ist der Teil in dir, der nicht in der Lage ist, andere zu feiern.

Entweder weil er andere als Konkurrenz sieht oder weil er gelernt hat, dass es sich nicht gehört, sich selbst toll zu finden, weil es angeblich egoistisch ist.

Alles, was ich hier mache, geht gegen meine Programmierung.

Mein Ego wehrt sich mit Händen und Füßen gegen diesen Weg.

Mein Ego wäre so gerne einfach nur der Held, den alle für seine Stärke bewundern.

Dein Ego abzulegen bedeutet deshalb nicht, dass du jetzt nie wieder egoistisch bist — vielleicht sogar genau das Gegenteil!

Es bedeutet, dass du dich der Welt so zeigst, wie du eigentlich in deinem tiefsten Wesenskern bist.

Es bedeutet, dass du deine Programmierung ignorierst und dich in dieser Welt zu deinem Wohl, und damit zum Wohl aller, bedingungslos verwirklichst — vollkommen unabhängig davon, was andere von dir halten, über dich sagen oder denken könnten.

Und genau diese Freiheit von deinem Ego wünsche ich dir von Herzen — selbst dann, wenn dein Ego das Ergebnis dann als egoistisch beurteilt.

SOZIAL IST, WAS DICH GLÜCKLICH MACHT. NUR GLÜCKLICH BIST DU HILFREICH.

SEI ALS MUTTER SO DA, DASS SICH DAS KIND FREI ENTFALTEN KANN.

WIR SIND ALLE HIER, UM DIE LIEBE WIEDERZUENTDECKEN.

12. Gerechtigkeit

Liebe Frauen, eure Männer sind schwer verunsichert.

Sie wissen nicht, wie sie sich verhalten sollen.

Sie suchen den Weg zurück zu sich selbst und finden ihn nicht.

Euer Vorwurf, dass sie besser zuhören und euer Vorwurf, dass sie nicht so unsensibel sein sollen, bringt sie nicht weiter.

Was sie brauchen, ist eure Liebe und eure Präsenz.

Sie wissen nicht mehr, wie es ist, sich selbst zu fühlen.

Sie haben genau wie ihr vergessen, warum wir hier sind.

Sie versuchen einen Spagat, der ihnen von ihren Müttern und Vätern oktroyiert wurde und der ihnen nicht gelingen kann, weil es keine Work-Life-Balance gibt.

Zwischen dem, was sie nicht gerne tun und dem, was sie gerne tun, kann es niemals eine Balance geben.

Ihr fordert Gleichberechtigung und vergesst dabei, dass es einen Unterschied zwischen Gleichartigkeit und Gleichwertigkeit gibt.

Der Ruf nach Gerechtigkeit basiert auf einem Missverständnis:

Wir sind alle gleichwertig, aber wir sind nicht gleichartig.

Wir sind höchst unterschiedlich in unseren Vorlieben.

Gerechtigkeit ist meist höchst unsozial.

Sozial ist nicht, was Arbeitsplätze schafft.

Sozial ist, wer sich am Individuum orientiert.

Unsere Fähigkeiten, Gaben und Talente sind verschieden verteilt.

Männliche und weibliche Anteile sind unterschiedlich vergeben, sowohl in Männern als auch in Frauen.

Als Frauen und Mütter habt ihr es in der Hand, wie die Männer der künftigen Generationen aufwachsen.

Wollt ihr sie weiter stereotyp programmieren?

Oder habt ihr den Mut, sie in die Freiheit zu entlassen?

Jeder Mann kommt durch eine Frau auf diese Welt und verbringt die wichtigste Zeit seines Lebens mit ihr.

Es ist also nicht möglich, die Verantwortung alleine den Männern zu geben.

Ihr Frauen könnt den Kreislauf durchbrechen.

Immer mehr Männer helfen euch dabei.

Ich bin nur einer davon.

ICH LEBE VOM PRINZIP HER GESCHLECHTSNEUTRAL. ICH HABE NICHT DIE IDEE, DASS ICH EIN MANN BIN. DAS, WAS IN MIR IST, IST NICHT MÄNNLICH.

WIR KÖNNEN ALLES FEIERN – SOWOHL DIE MÄNNLICHEN ALS AUCH DIE WEIBLICHEN ASPEKTE – EGAL IN WEM.

JEDE BEZIEHUNG STELLT DIR EINE WESENTLICHE FRAGE: »WÄCHST DU NOCH IN VERBUNDENHEIT?«

13. Frau und Mann

Ich bin positiv schockiert!

Beim Frauenkongress, einem der größten Kongresse im Herbst 2016, bin ich als einer der wenigen männlichen Gesprächspartner auf Platz 1 gelandet.

Ich war einige Tage etwas ratlos, bis es mir wieder eingefallen ist:

Wir haben kein Geschlecht.

Wir wohnen in unterschiedlichen Körpern.

Männer genauso wie Frauen.

Aber das, was sich durch dich und mich ausdrückt, ist nicht männlich oder weiblich.

Es mag Aspekte geben, die du mehr dem Männlichen oder mehr dem Weiblichen zuordnest, aber dein Selbst hat kein Geschlecht.

Wir leben diese Trennung jetzt schon so lange und wir denken wirklich, diese Abgrenzung wäre notwendig.

Pia hat mich vor Kurzem daran erinnert, dass es vor dem Patriarchat das Matriarchat gab — das gleiche Unterdrückungsspiel in weiblich.

Was du bist, hat kein Geschlecht.

Wenn du eine Frau unterdrückst, unterdrückst du auch die Männer und vor allem dich selbst.

Wenn du einen Mann unterdrückst, unterdrückst du auch die Frauen und vor allem dich selbst.

Was du anderen antust, tust du dir selbst an.

Immer.

Alles, was essentiell ist, hat kein Geschlecht.

Jede Beziehung zum anderen Geschlecht ist nur dazu da, um dich wieder daran zu erinnern.

Danke für deine Erinnerung durch deine Stimme für mich.

DU BIST NUR ÜBER ANGST UND SCHLECHTES GEWISSEN ZU KONTROLLIEREN. OHNE ANGST UND OHNE SCHLECHTES GEWISSEN BIST DU UNKONTROLLIERBAR.

WENN DU AUS DIESER MATRIX AUSSTEIGEN WILLST, MUSST DU DICH MIT DIR BESCHÄFTIGEN, WIE DU BEREITS BIST – NICHT WIE DU SEIN WILLST.

DU HAST JEDEN MOMENT DIE MÖGLICHKEIT HERAUSZUFINDEN, WER UND WIE DU WIRKLICH BIST, STATT DARAUF ZU WARTEN, DICH EINES TAGES ZU VERÄNDERN.

14. Manipulation

Werde die, die du bereits bist!

»Aber Stefan, ist es nicht Verdrängung und Wunschdenken, wenn ich mich auf das Gute und die Liebe konzentriere — bei all dem Schlechten und der Angst und dem Hass auf dieser Welt?«

Ja, das ist gut möglich!

Und wie nennst du es, dass du dich bisher auf all das Schlechte auf der Welt konzentriert hast?

»Aber Stefan, ich habe Angst, dass du mich manipulierst und es gar nicht stimmt, was du schreibst und sagst.«

Und du glaubst, dass du für deine Konzentration auf das Schlechte nicht manipuliert werden musstest?

Hast du davor noch genauso viel Angst wie vor meiner Manipulation?

Oder hast du vor meiner Manipulation nur Angst, weil sie neu ist und dich aus deinen gewohnten Mustern herausführt?

Zur Wurzel zu gehen bedeutet nicht, zur Wurzel allen Übels zu gehen.

Es bedeutet aber auch nicht, zur Wurzel alles Guten zu gehen.

Wenn du zu deiner Wurzel gehst, gehst du tiefer, als Gut und Böse jemals reichen können.

Zur Wurzel zu gehen kann unendlich schmerzhaft und traurig oder unendlich friedvoll und glücklich sein ... und alles dazwischen.

Das einzige Übel ist dein Verstand, der im Krieg mit sich selbst ist und deshalb diese Welt und dich selbst bekämpft.

Hast du schon einmal (davon) geträumt aufzuwachen?

War das schön?

Unser Leben ist fraktal aufgebaut: Wir finden im Kleinen das Große und umgekehrt.

Wenn du im Traum aufwachen kannst, kannst du auch im realen Leben aufwachen.

Wo kannst du ansetzen, wenn du etwas verändern willst?

Im Großen bei den anderen oder bei dir im Kleinen?

Im Kleinen klingt so klein, oder?

Wenn du im Kleinen etwas Substanzielles veränderst, kannst du das erste Mal erleben, wie groß das Kleine tatsächlich ist.

»Schau bei dir nach!« (Hildegard Hiene)

»Schau bei dir nach und fang bei dir an!« (Stefan Hiene)

Der Apfel fällt nicht weit vom Stamm ...

Wenn du bei dir mit der Veränderung beginnst, erlebst du das erste Mal in deinem Leben, wie mächtig du tatsächlich bist.

Diese Macht ist eine Form der Macht, die du nicht ausnutzen kannst, weil nichts auf dich zurückfällt, sondern immer mehr von dir abfällt, was nicht zu dir gehört.

Unser Leben ist ein Traum und wir erwachen zu der Realität, dass es viele Stufen des Erwachens gibt:

Du träumst, dass du erwachst und dann ... erwachst du wirklich.

Und dann denkst du, das sei jetzt wirklich real.

Du steigerst dich rein und du identifizierst dich mit deiner Realität, die nach wie vor nur ein Traum ist... du schläfst noch immer.

Du träumst nur »realer« und es kommt dir wichtiger und relevanter vor.

Dein Erwachen ist der Tod des scheinbar Realen und Relevanten.

Was sterben kann, ist nur dein Traum.

Früher oder später wird jeder Traum sterben und du wirst zu dem erwachen, was du schon immer bist:

Ewig unsterblich.

DEINE IDENTITÄT IST NUR EINE ANSAMMLUNG VON ANNAHMEN UND GESCHICHTEN, DIE IN WAHRHEIT GAR NICHT VERBUNDEN SIND UND JETZT GAR NICHT MEHR EXISTIEREN.

ICH MUSS NICHTS ANNEHMEN. ICH BIN DIE ANNAHME. DIE EINZIGE WAHL, DIE ICH HABE, IST WIDERSTAND ZU WÄHLEN.

WIR MÜSSEN HERAUSFINDEN, WIE WIR JETZT BEREITS SIND. DARAUS ERGIBT SICH ALLES ANDERE. IM SPASS UND MIT DER FREUDE DEINES LEBENS.

15. Annahme

Es gibt ein großes Missverständnis:

Du denkst, du wärst hier, um etwas richtig zu machen und um besser zu werden.

Tatsächlich bist du hier, um herauszufinden, wie du bereits bist.

Die meisten Menschen versuchen sich zu verändern, bevor sie wissen, wie sie sind.

Selbst diejenigen, die wissen, wie sie sind, versuchen sich dann im Widerstand dazu zu verändern.

Beides kann nicht funktionieren.

Selbst viele, die zu sich selbst stehen, stehen heimlich im Widerstand zu sich selbst.

Finde heraus, wie du bereits bist und dann sei genau so.

Das Spirituellste, das du machen kannst, ist das Verbesserungsspiel zu beenden und das erste Mal in deinem Leben so zu sein, wie du bereits bist und damit nicht mehr im Widerstand zu sein.

Alles Weitere folgt daraus!

DEIN ERSTER GEDANKE
IST BEREITS DIE LÜGE.

SOBALD EIN GEFÜHL
EINEN NAMEN HAT,
IST ES KEIN GEFÜHL MEHR,
SONDERN EIN GEDANKE.
IGNORIERE DEN GEDANKEN.
FÜHLE DAS GEFÜHL.

UNSER FÜHLEN MUSS TIEFER RUTSCHEN,
ALS DARÜBER NACHZUDENKEN.
TIEF IN UNSEREN KÖRPER HINEIN.
DORT, WO WIR ZU HAUSE SIND.
DORT, WO DIESE WELT ZU HAUSE IST.

16. Intuition

Viele beschweren sich (damit), dass sie keine Intuition hätten und ihr Herz verschüttet wäre.

Dabei habe ich noch keinen Menschen getroffen, der kein Gefühl vor dem ersten Gedanken hatte.

Das Krasse ist nur, dass es sich die wenigsten Menschen erlauben, nach diesem Gefühl zu handeln.

Ein ganz einfaches Beispiel, für das nicht nur ich selbst mich verurteile, sondern auch Gruppen-Nicht-Mitglieder der Schöpfungsgruppe[1]:

Ich genehmige und lösche Mitgliedsanfragen für diese Gruppe rein intuitiv.

Mit Posts mache ich es genauso.

Ich überlege nicht, ich mache einfach.

Ich habe keine Regeln!

Besser gesagt, habe ich nur eine Regel: Meine Intuition hat immer recht!

Selbst auf die Gefahr hin, dass sie falschliegt.

Ich will auch keine Gruppenregeln, weil ich sie im nächsten Moment brechen würde.

[1] Die im Kapitel genannte Schöpfungsgruppe ist derzeit inaktiv.

Es kommen immer wieder Menschen in diese Gruppe, die herausfinden wollen, wie ich das mache.

Das Geheimnis dieser Gruppe ist aber gar keines.

Ich erlaube mir einfach, so zu sein, wie ich bin, statt etwas aufbauen zu wollen und auf Mitgliederzahlen zu schauen.

Ja, ich weiß, dass es egoistisch klingt, aber die Gruppe war mir noch nie wichtig.

Ich habe keine Hoffnungen und Wünsche in sie projiziert und es war mir nicht wichtig, wie schnell sie wächst.

Ich lese in spirituellen Beiträgen immer wieder vom »Tod des Egos«.

Das ist er:

- Mach es niemandem recht, noch nicht einmal dir selbst.

- Sei nicht gerecht, behandle niemanden gleich.

- Lebe und handle aus dem Moment heraus.

- Sei die wilde Abenteurerin und Pionierin, die du schon immer warst.

- Lass dir nichts Spirituelles einsäuseln: Der Tod des Egos ist nicht angenehm.

Es ist zunächst das Abgefahrenste, Krasseste und Schmerzhafteste, was du machen kannst.

Es ist überhaupt nicht lustig.

Es ist die ultimative Herausforderung und es ist die spannendste Reise zurück zu dir selbst.

Dein Herz ist nicht verschüttet.

Du wurdest nur trainiert, dass es falschliegt und nichts weiß.

Tatsächlich weiß es alles.

Dein Herz war nie weg.

Das ist ein großer Mythos.

Es kann nämlich gar nirgends hingehen.

In dem Moment, in dem du die Mauern um dein Herz herum fühlst, fühlst du bereits dein Herz.

Denn wie könntest du die Mauern fühlen, wenn da nichts wäre, das diese Mauern fühlen kann?

Du hast weder dich noch dein Herz verloren.

Es ist alles hier!

**AUSSERHALB VON DIR HAT NOCH
NIE ETWAS STATTGEFUNDEN.
JEDES GEFÜHL, DAS DU IM BEZUG AUF
ETWAS AUSSERHALB VON DIR FÜHLST,
FINDET IN DIR STATT.**

**WIR SIND NICHT UNSERE GEFÜHLE,
ABER UNSERE GEFÜHLE SIND
DER SCHLÜSSEL ZU UNS SELBST.**

**DAS EINZIGE, WAS DICH
INTERESSIEREN DARF, IST,
OB DU IN DER LAGE BIST,
AUF DICH ZU HÖREN,
DEINEM GEFÜHL ZU FOLGEN,
JEDES GEFÜHL ZU FÜHLEN
UND MIT JEDEM GEFÜHL
GLÜCKLICH ZU SEIN.**

17. Gefühle

Dein machtvollstes Werkzeug sind nicht deine Gedanken.

Dein machtvollstes Werkzeug sind deine Gefühle.

Dein Körper ist ein Transformationsorgan und deine Gefühle sind der Schlüssel zu deinem Körper.

Deshalb bist du das Wunder, nach dem du suchst.

Deine Gefühle erschaffen deine komplette Realität.

Alles, was du wahrnimmst, nimmst du nicht durch Gedanken, sondern ausschließlich durch Gefühle wahr.

Dein gesamtes Erleben hängt von deinen Gefühlen ab.

Ohne Gefühle würdest du nicht existieren — selbst wenn du lebst.

Deshalb können Gedanken deine Realität nicht verändern.

Das können immer nur Gefühle.

Solange du versuchst, deine Gefühle im Widerstand zu bestehenden Gefühlen zu verändern, wirst du scheitern.

Gefühle sind der stärkste Antrieb.

Gefühle sind die stärkste Schwingung.

Viel stärker als alle Gedanken zusammen.

Dein gesamtes Leben ist ein einziger Gefühlsfluss:

Ein Gefühl geht ins andere über.

Das ist, was du »Leben« nennst.

Gefühle steuern und heilen dich.

Sie sind dein Navigationssystem.

Es ist noch nie etwas anderes in deinem Leben passiert als wechselnde Körperempfindungen.

Außer diesen hast du rein gar nichts erlebt.

Menschen können nur manipuliert werden, wenn sie von ihren Gefühlen entkoppelt werden.

Dein Job ist es deshalb, deine Gefühle wieder dort zu fühlen, wo sie auftreten:

In deinem Körper.

Nicht in deinem Kopf.

In deinem Kopf ist noch nie etwas passiert und wird nie etwas passieren.

Alles, was geschehen kann, geschieht in deinem Körper.

Er ist dein Werkzeug.

Dein Körper wirkt an der Schnittstelle von unendlich groß zu unendlich klein.

Er ist ein unfassbar geniales Transformationsorgan.

**DU BIST DAS LICHT DER WELT,
DAS EINE ERFAHRUNG MACHT
UND GEFÜHLE FÜHLT.**

**VIEL ZU VIELE MENSCHEN
VERWENDEN MEDITATION ALS FLUCHT.
VERWENDE STATTDESSEN DEIN
LEBEN ALS MEDITATION!**

**DU BIST DIE,
DIE UNENDLICH IST.**

18. Meditation

All die edlen, schönen, gehypten und ach so wichtigen Eigenschaften wie »loslassen«, »annehmen«, »achtsam«, »dankbar« und »nicht verhaftet sein« sind nur Folgeerscheinungen deines Erwachens.

Es sind keine Tugenden, die du üben kannst und die du jemandem aufgrund einer moralischen Verpflichtung beibringen kannst.

Die größte spirituelle Illusion besteht darin zu denken, du könntest diese Qualitäten losgelöst von deinem Erleben entwickeln und etwas dafür tun, indem du »Fleißpunkte« sammelst, die du dann irgendwann durch »immer besser spirituell werden« einlösen kannst.

Viele versuchen es sogar im Widerstand zum Erlebten.

Allein der Versuch ist absurd und zum Scheitern verurteilt, weil er nicht deinen authentischen Erfahrungen entspringt.

Wie willst du etwas leben, das du nicht erlebst, weil du es nicht fühlst?

Der Verstand kennt so viele Tricks.

Spirituelle Programme und zielgerichtete Meditation sind zwei davon.

Meditation ist für die meisten Menschen nur eine Beruhigungsmethode und als solche ganz nett.

Du brauchst nicht zu meditieren, um diese Qualitäten zu entwickeln!

Dein Leben ist bereits die Meditation, sobald du erkennst, dass du das Wunder bist, das du dein Leben lang gesucht hast.

Das Wunder von Bewusstsein.

Alleine die Möglichkeit wahrzunehmen ist ein abgefahrenes Wunder und alles andere als selbstverständlich.

Geh in deiner Wahrnehmung auf!

Du bist nicht die Person, die du denkst zu sein.

Du bist das, was wahrnimmt und was nicht erkannt und gesehen werden kann.

Du kannst dich nicht selbst erkennen.

Du kannst dein Selbst nur durch Erfahrung erleben.

Du bist der Raum, in dem alles stattfindet und erlebt wird.

Du bist der Kontext, nicht der Inhalt.

Du bist Bewusstsein frei von Raum und Zeit.

FÜLLE IST NICHT DAS GEGENTEIL VON MANGEL, SONDERN DEIN TATSÄCHLICHER ZUSTAND.

WIR SIND SO VOLL, DASS WIR FÜLLE GAR NICHT MEHR WAHRNEHMEN KÖNNEN.

WIRKLICH GLÜCKLICH BIST DU NUR, WENN DU NICHTS MEHR VON ANDEREN ERWARTEST UND EINFACH NUR NOCH ALS DU SELBST IN ANDERE ÜBERFLIESST.

19. Fülle

»Nicht Gelegenheit, sondern die Idee, dass du glücklich bist, wenn du mehr hast, macht Diebe.«

Warum sollten wir von anderen stehlen, wenn wir so viel haben, dass wir es verschenken können?

Warum solltest du mich fragen, ob du meine Worte verwenden darfst?

Verwende meine Worte, sie gehören mir nicht.

Zitiere mich oder nicht.

Was ich sage, ist nicht mein.

Niemals könnte ich diese Worte machen.

Ich kann nur versuchen, den Worten nicht mehr im Weg zu stehen.

Hör auch du auf, dir selbst im Weg zu stehen und verschenke dich.

Wenn du dich verschenkst, brauchst du nie wieder sparen oder stehlen.

In einer Gesellschaft, in der sich alle verschenken, kann es keine Diebe geben.

Geben und Nehmen ist kein Prinzip, das du erkennen kannst.

Geben und Nehmen ist das Leben selbst.

Du kannst nur sparen oder raffen.

Beides ist gegen das Leben gerichtet.

Die meisten machen beides und halten dabei sich selbst zurück.

Sie entlassen sich nicht ins Leben.

Sobald du (dich) zurückhältst, tust du dich in der Regel auch schwer anzunehmen und denkst, du müsstest dir alles hart erarbeiten oder zumindest ergaunern.

Unsere Programmierung »Du musst dich gut verkaufen!« bedeutet gleichzeitig »Verschenk dich nicht!« und ist die erste Unterbrechung des natürlichen Flusses.

Du unterbrichst den Fluss, indem du dich und das, was du zu geben hast, zurückhältst.

Deshalb fällt es dir auch schwer anzunehmen.

Je weniger du das, was du zu geben hast, zurückhältst, desto leichter kannst du auch wieder annehmen.

Du hast nicht zu wenig zu geben.

Du hast dich durch dein Denken nur so stark limitiert, dass du aufgehört hast, überhaupt zu geben.

In deinem natürlichen Zustand hast du so viel zu geben, dass es dir schwerfällt auszuwählen, was du als Nächstes geben könntest.

Geh zu diesem Punkt zurück.

Finde diesen Punkt in dir.

Von dort ist es leicht.

Von dort ist es anstrengungsfrei.

Von dort fließt du in andere über.

**SCHAU AUF DEINER SUCHE
NACH DEM GLÜCK NIE WEITER
ALS BIS ZU DIR UND DU HAST ES
SCHNELLER GEFUNDEN,
ALS DU DENKST.**

**WENN DU BEREIT BIST,
ALLE DEINE GEFÜHLE ZU FÜHLEN,
WIRST DU AUTOMATISCH
WUNSCHLOS GLÜCKLICH.**

**WENN DU DICH SELBST
NICHT FEIERST, WIRD DAS KEIN
ANDERER FÜR DICH TUN.**

20. Glück

Kein Mensch braucht Aufmerksamkeit und Bestätigung.

Beides sind nur Ersatzbefriedigungen für unglückliche Menschen.

Eigentlich willst du nichts außer glücklich sein.

Und ein glücklicher Mensch muss sein Glück nicht von anderen bestätigt bekommen, weil er ganz genau weiß, dass er glücklich ist.

Ein glücklicher Mensch braucht auch keine Aufmerksamkeit, weil er glücklich ist, indem er sich selbst seine eigene Aufmerksamkeit schenkt.

Wenn du Aufmerksamkeit und Bestätigung suchst, suchst du immer nur dein Glück.

**DER GRUND FÜR JEDEN WUNSCH
IST EIN GEFÜHL.**

**WENN DU GLÜCKLICH SEIN WILLST,
MUSS DICH DIE TÄTIGKEIT
GLÜCKLICH MACHEN, NICHT DAS ZIEL,
DAS DU MIT DER TÄTIGKEIT
VERBINDEST.**

**WIR MÜSSEN UNS AN UNSEREM
GEFÜHL ORIENTIEREN …
EIN ANDERES ORIENTIERUNGSSYSTEM
HABEN WIR NICHT.**

21. Ziele

Wartest du auf deinen Weckruf? Das ist er!

Jedes Gefühl ist dein Weckruf für das, was in deinem Leben wirklich zählt.

Du besitzt nichts und du wolltest nie etwas anderes erreichen als ein bestimmtes Gefühl.

Du wolltest glücklich sein und du hast dich verrannt, weil du nicht erkannt hast, wie du funktionierst und wer du wirklich bist.

Du hast gedacht, dass du Ziele anstrebst, weil du mit ihnen ein bestimmtes Gefühl als Idee verbindest, ohne zu wissen, ob dieses Gefühl dann tatsächlich eintritt.

Wenn du dich an deinen Gefühlen statt an Zielen orientierst, erreichst du dein eigentliches Ziel, also dein Gefühl, viel schneller und alles in deinem Leben orientiert sich daran.

Die notwendigen materiellen Bedingungen, die du brauchst, um dein Gefühl zu erreichen, werden dir automatisch zur Verfügung gestellt.

Der Trick dabei ist, dass du das Materielle nicht zur Bedingung machen darfst und nur von deinem Gefühl ausgehen musst.

**WIR WÜNSCHEN UNS ALLE IMMER
WAS ANDERES UND KÖNNEN DADURCH
DIE GESCHENKE NICHT ERKENNEN,
DIE SCHON HIER SIND.**

**SELBST IM GRÖSSTEN SCHMERZ
MUSS ES FÜR DICH KEIN LEID GEBEN,
WENN DU DEINEN SCHMERZ FÜHLST.**

**ICH TRAUE ALLEN MENSCHEN ZU,
DASS SIE ES SCHAFFEN,
HINTER IHREN SCHMERZ ZU SCHAUEN,
WEIL ICH ES MIR ZUTRAUE.**

22. Schmerz

Was ist für mich drin?

Welches Geschenk versteckt sich hier?

Diese Fragen stelle ich mir immer dann, wenn ich der Meinung bin, dass sich mir gegenüber jemand falsch verhält.

Es ändert nichts an meiner Meinung, aber es ändert meine Perspektive.

Es ändert nicht mein Gefühl, aber es ändert meinen Fokus.

Es ändert nichts an der äußeren Welt, aber es ändert alles in mir.

Und ja, es tut weh. Nach diesen beiden Fragen sogar noch mehr als zuvor.

Vor allem dann, wenn ich das Geschenk nicht annehmen will.

Ich will darauf bestehen, dass es nicht an mir liegt und weiter den anderen für meine Gefühle verantwortlich machen.

Das hat aber auch noch nie etwas gebracht und ich lande doch wieder und wieder bei mir selbst.

Ich lande mitten in meiner Trauer und komme tiefer zu mir.

Ich bin die anderen, obwohl ich ihr Verhalten ablehne beziehungsweise gerade deshalb.

Diesen Schmerz der Ablehnung tragen wir alle in uns.

Es ist an der Zeit, dass wir ihn heilen!

**DEIN LEBEN SELBST IST DER ERFOLG.
VERSAGER GIBT ES NUR IM KOPF.**

**DIE EINZIGE KONSTANTE IST
NICHT DIE VERÄNDERUNG.
DIE EINZIGE KONSTANTE
IST BEWUSSTSEIN.**

**DEIN JOB IST ES ZU LEBEN.
SONST NICHTS.**

23. Konstanz

Erwarte keine Konstanz von mir.

Ich bin nicht konstant.

Das Leben ist nicht konstant.

Ich stehe für nichts anderes als für mich selbst.

Ich stehe für mich in all meiner Widersprüchlichkeit, mit allen Fehlern und Schwächen, genauso wie mit meinen grandiosen Gaben und Stärken.

Müsste ich für dich meine Schwächen unterdrücken, würde ich auch meine Stärken nicht mehr leben können.

Ich bin nicht hierhergekommen, um mich dem Durchschnitt anzupassen.

Ich bin hierhergekommen, um alles rauszulassen, was in mir ist.

Und ich bin hierhergekommen, um uns auf allen Ebenen zu heilen.

Ich feiere auf meine Art.

Ich liebe auf meine Art.

Ich lebe auf meine Art.

Kein Kommentar, keine Kritik und kein Lob dieser Welt wird das jemals ändern.

Auch du wirst das nicht ändern und du darfst das Gleiche tun!

Erwarte dabei nicht, dass dich irgendjemand versteht und erklär dich nicht.

Und erwarte weder von dir selbst noch von irgendjemandem sonst Konstanz.

DIE VERNUNFT IST NICHT VERNÜNFTIG.
DIE VERNUNFT IST ÄNGSTLICH.

DU BIST DAS LICHT DER WELT,
STELL ES NICHT UNTER DEN SCHEFFEL.

UNVERNÜNFTIG ZU SEIN IST
DAS EINZIG VERNÜNFTIGE.

24. Vernunft

Heute habe ich eine frohe Botschaft für dich!

Du denkst: »Das ist ja verrückt. Ich bleib mal lieber vernünftig!«

Du glaubst, dass du mit Vernunft dein Leben leben kannst?

Nur nicht verrückt werden?

Nur nichts Verrücktes machen?

Immer schön auf dem Boden bleiben?

Nur kein Risiko eingehen?

Schuster, bleib bei deinen Leisten?

Was hast du denn gelernt, wenn du bei deinen Leisten bleiben willst?

Du hast gelernt, dich klein zu machen.

Du hast gelernt, nicht aufzufallen.

Du hast gelernt, deine Gaben und Talente nicht zu leben.

Du hast gelernt, die Gefahr zu meiden und das Risiko so weit zu reduzieren, bis du das Leben verpasst.

Ich bringe dir gerne deine frohe Botschaft:

»Du bist verrückt und das ist das einzig Vernünftige!«

**WENN DU DIE MAUERBLUME BIST,
DIE DU BIST, ERBLÜHST DU
AUTOMATISCH ZUR ROSE.**

**BESCHÄFTIGE DICH NUR NOCH
MIT DEINER GROSSARTIGKEIT.**

**IN DEINEM NATÜRLICHEN ZUSTAND
HAST DU SO VIEL ZU GEBEN,
DASS ES DIR SCHWERFÄLLT
AUSZUWÄHLEN, WAS DU ALS
NÄCHSTES GEBEN KÖNNTEST.**

25. Großartigkeit

Geliebte, du fragst mich, ob es etwas gibt, das du wissen solltest?

Mir ist wichtig, dass du weißt, dass du mich nicht brauchst.

Mir ist wichtig, dass du weißt, dass ich dich nicht brauche.

Mir ist wichtig, dass du weißt, dass du hier trotzdem ganz dringend gebraucht wirst.

Nicht mit deiner Programmierung.

Nicht mit deinen Hättes, Könntes, Müsstes und Solltes.

Nicht als meine Kritikerin.

Nicht als meine Jüngerin.

Du wirst gebraucht mit deinem Geschenk, das du für unsere Welt in dir trägst.

Du bist nicht hier, weil du normal oder schwach bist.

Du bist hier, weil du außergewöhnlich, großartig und stark bist.

Zeig dich der Welt so, wie du wirklich bist, nicht wie du gerne wärst.

Das ist der Schlüssel zu deiner Größe!

**ERST DIE ARBEIT,
DANN DAS VERGNÜGEN?
WIE WÄRE ES MIT VERGNÜGEN
WÄHREND DER ARBEIT?
ODER ARBEIT WÄHREND
DES VERGNÜGENS?
ODER EINFACH NUR
VERGNÜGEN?**

**ES GEHT NICHT DARUM
HERAUSZUFINDEN, WIE DU
DICH VERÄNDERN KANNST.
ES GEHT DARUM HERAUSZUFINDEN,
WIE DU BEREITS BIST.**

DU BIST GOTT IN AKTION.

26. Arbeit

Wie willst du arbeiten?

Willst du deine Gabe verschenken und während deiner Arbeit glücklich sein oder willst du weiter um Anerkennung buhlen?

Anerkennung von Freunden, Kollegen und Vorgesetzten, die dich nie dorthin bringt, wo du sein willst, sondern immer nur über die nächsten Stunden oder über den nächsten Tag?

Wie wäre es, wenn du keine Rollen mehr spielst, niemandem mehr gefallen willst um des Gefallens willen?

Wie wäre es, wenn du gefällst, weil du so bist, wie du tief in dir wirklich bist?

Wie viel Last würde von dir abfallen, wenn der gesamte Druck deines Schauspiels deiner Familie, deinem Arbeitgeber, deinen Freunden und vor allem dir selbst gegenüber wegfallen würde?

Wie gesegnet wäre dein Leben, wenn du dich so zeigen würdest und wenn andere dich so sehen könnten, wie du wirklich bist — jenseits deiner Masken und Rollen?

Dein Leben wäre nicht weniger als göttlich und genau dieses Leben wünsche ich dir!

BEOBACHTE DEINEN VERSTAND. BEOBACHTE, WAS ER MACHT, BEVOR DU DICH AUF ETWAS WIRKLICH EINGELASSEN HAST.

NIMM DEINE EIGENEN ERFAHRUNGEN WICHTIGER ALS DIE ERFAHRUNGEN VON ANDEREN.

DIE KRAFT, DIE EINEM AUTHENTISCHEN LEBEN ENTSPRINGT, KANNST DU DIR IN DEINEN KÜHNSTEN TRÄUMEN NICHT VORSTELLEN.

27. Deine Geschichte

Sorry, ich habe dich ausgetrickst.

Heute möchte ich dir etwas gestehen und ich muss das jetzt schreiben, weil diese Geschichte sonst jemand anderes über mich erzählt, bevor ich dazu komme:

Stefan Hiene ist ein Marketingtrick!

Jep, es ist alles nur ausgedacht.

Ich bin eine Kunstfigur auf Facebook.

Ich habe eine Lücke im spirituellen Marketing geschlossen.

Ich habe die spirituelle Zielgruppe analysiert und festgestellt, dass einer wie Stefan Hiene noch gefehlt hat.

Ich habe dich ausgetrickst, indem ich eine Lücke in der spirituellen Szene besetzt habe.

Stefan sieht jung aus, ist attraktiv, sportlich, hat einen Sixpack und manchmal sogar einen guten Haarschnitt.

Er verlangt richtig viel Geld für seine Coachings und gibt das Geld, das er verdient, gerne gleich wieder aus.

Er sitzt in keinem Sessel, sondern auf dem Mountainbike und geht regelmäßig ins Fitnessstudio.

Damit es nicht zu verrückt wird, lebt er, wie viele andere spirituelle Lehrer, zurückgezogen für sich alleine als Eremit in den Bergen.

So jemand hat doch gefehlt in der spirituellen Szene, oder?

Denke immer daran:

Erst hinterher hört sich alles so logisch an, dass man es dir gerne erzählt.

Erst hinterher wird eine Geschichte daraus, die man gut erzählen kann und die wir gerne hören.

Währenddessen denkst du, du bist allein, niemand versteht dich und es macht alles keinen Sinn.

Hinterher bist du schlauer.

Hinterher werden sie dir sagen, dass du alles geschickt eingefädelt hast, dass du clever bist und dass du nur ihr Geld willst und es nur des Geldes wegen machst.

Hinterher sieht es plötzlich so logisch und konsequent aus.

Hinterher sagt man: »Die hat alles richtig gemacht.«

Währenddessen bist du im endlosen Chaos und wartest die ganze Zeit darauf, dass sich der Nebel endlich lichtet.

Er lichtet sich aber nicht.

Du bleibst im Chaos.

Die anderen machen trotzdem eine schöne Geschichte daraus, weil sie sich besser liest.

Weil man dich so besser einordnen kann.

Durch die Geschichte wirst du (an)greifbar.

Und das lieben wir!

Ich habe einen Trick für dich:

Werde dir schon währenddessen bewusst, was du erlebst und wie du es erlebst.

Sei dir darüber im Klaren, dass die Geschichte nicht im Nachhinein entsteht, sondern jetzt gerade.

Du schreibst deine eigene Geschichte nicht im Nachhinein, sondern in diesem Moment.

Liebe dich dafür.

Liebe dich für deinen Weg.

Liebe dich für deine Geschichte.

Jetzt.

**JEDER GUTE LEHRER
WILL DIR ZEIGEN,
WIE TOLL DU BIST.
NICHT, WIE TOLL ER IST.**

**»ICH HATTE EINE
SPIRITUELLE ERFAHRUNG.«
»DU HATTEST NOCH NIE EINE
NICHT-SPIRITUELLE ERFAHRUNG.«**

**WENN DU ERKANNT HAST,
WIE WICHTIG SPIRITUALITÄT
TATSÄCHLICH IST, DÜRFEN ALLE
ANDEREN VOLLKOMMEN
UNSPIRITUELL SEIN.**

28. Spiritualität

Bitte lesen, falls du denkst, ich denke, ich sei spiritueller als du!

Heute schreibt mir eine Leserin, ich komme bei ihr so an, dass ich als spiritueller Lehrer spiritueller als sie oder andere sei.

Und das passt ihr gar nicht.

Ich möchte deshalb zwei Dinge klarstellen:

No. 1: Ich habe mir das nicht ausgesucht!

Wenn ich könnte, hätte ich meine Situation bis vor einiger Zeit auch noch liebend gerne geändert.

Und es gibt auch jetzt noch Momente, in denen ich andere Ideen habe als mein Leben.

Aber was soll ich machen, wenn mir ständig diese Zitate und Texte einfallen?

Für mich behalten?

Und was soll ich machen, wenn ich merke, dass ich Menschen berühre?

Warten, bis ich perfekt bin?

Früher wäre ich lieber Popstar geworden oder ein erfolgreicher Unternehmer oder Mountainbike-Weltmeister.

Okay, das geht ja auch noch als spiritueller Lehrer, aber halt anders.

Jedenfalls war mir eher nach Wein, Weib und Gesang — obwohl ich nie der Partytyp war — als nach »Om shanti om«.

Letzteres mach ich ja auch heute noch nicht.

No. 2: Mehr Spirit als du geht gar nicht!

Wenn du dich mit anderen vergleichst, ist das immer eine schlechte Wahl.

Und wenn du denkst, ich würde mich mit anderen vergleichen, muss ich dich enttäuschen.

Ich kann das nicht mehr, weil ich deine Schönheit sehen kann, die unabhängig von mir und allen anderen ist.

Wenn ich dich sehe, kommen mir die Freudentränen, so viel Schönheit kann ich in dir sehen.

Es gibt keinen spirituelleren Menschen als dich.

Du bist Spirit pur.

Du warst noch nie etwas anderes und du wirst auch nie etwas anderes sein!

Derjenige, der dich oder andere als spiritueller oder unspiritueller einstuft, ist ganz bestimmt nicht dein Spirit.

Es ist der, der vergleicht und der Grenzen zieht.

Grenzen zwischen dir und mir, zwischen Regionen, Religionen und Völkern.

Es ist der, der in Wahrheit gar nicht existiert und nur durch deine Hilfe am Leben erhalten wird.

Es ist der Teufel, den du selbst an die Wand malst.

Vergleich dich mit niemandem!

Lebe deine Einmaligkeit und lass die alten Trennungen los.

Du wirst dein ganz persönliches Wunder erleben und plötzlich merken, wie viel Spirit du tatsächlich bist und wie wenig beziehungsweise wie viel »gar nichts« von dem anderen.

**DEINE MEINUNG IST
NICHT WICHTIG!**

**ICH LEHNE MICH SO LANGE
UND SO WEIT AUS DEM FENSTER,
BIS DU DICH FRAGST,
WAS ICH DA SEHE.**

**ES GIBT KONFRONTATION ODER
MENSCHLICHE BEGEGNUNG.**

29. Begegnung

Viele Menschen sind der Meinung, beurteilen zu können, wann du einen Schritt zu weit gegangen bist.

Und sie sind dann auch der Meinung, das sofort kundtun zu müssen.

Da jeder eine unterschiedliche Einschätzung hat, wann und bei welchem Schritt das der Fall ist, beschäftigst du dich dein ganzes Leben lang fast ausschließlich damit, keinen weiteren Schritt zu weit zu gehen.

Du hast ständig Panik davor, beurteilt zu werden.

Ich sag dir was!

Du bist noch nie in deinem Leben einen einzigen Schritt zu weit gegangen ... gerade und vor allem dann nicht, wenn dir jemand anderes das weismachen will.

Ich erlebe immer wieder, dass mir jemand schreibt:

»Stefan, bisher hat mir ja alles ganz gut gefallen, aber hier gehst du einen Schritt zu weit.

Hier liegst du nicht richtig. Das ist falsch, was du schreibst.«

Echt jetzt?

Ich gehe einen Schritt zu weit?

Und du weißt ganz genau, wo und wann das der Fall ist?

Wenn ich wirklich weiß, dass jemand einen Schritt zu weit geht oder falschliegt, gibt es keinen einzigen Grund, ihm das mitzuteilen.

Ich kümmere mich einfach nicht darum, weil es für mich ja offensichtlich ist.

Dadurch gibt es keinen Klärungsbedarf.

Mitteilen will ich es ihm nur dann, wenn ich eigentlich weiß, dass er richtigliegt oder wenn er etwas in mir berührt, das schmerzt.

Dann kommt der Wunsch in mir auf, dagegen argumentieren zu wollen, damit ich meinen Schmerz — und andere Gefühle — nicht fühlen muss.

Wenn du das tust, bist du in einer Kampfhaltung.

Du bist ablehnend bis aggressiv und lässt niemanden an dich und deine Verteidigungslinie heran.

In diesem Modus kann unsere Begegnung hier nicht stattfinden.

Sie hat, wie viele andere Begegnungen in deinem Leben bisher, keinen echten Wert.

Wirklich wertvoll ist eine Begegnung nur dann, wenn du bereit bist, die Hosen runterzulassen.

Wenn du dich so zeigst, wie du wirklich bist.

Wenn du aufhörst, eine Rolle spielen zu wollen und dein Terrain zu verteidigen.

Wenn ich falschliege, gibt es nichts zu verteidigen.

Wenn ich richtigliege, werde ich dich berühren oder schmerzhafte Punkte bei dir erwischen.

Wenn wir uns authentisch begegnen, ist das kein Problem und wir können sogar darüber lachen.

DIE MENSCHEN WOLLEN IMMER HILFREICH SEIN UND DIE WELT RETTEN. JA, SEI HILFREICH. RETTE DIE WELT IN DIR.

OBWOHL WIR UNSEREN EIGENEN SCHMERZ KENNEN, WENN ANDERE UNS VERÄNDERN WOLLEN, WOLLEN WIR IMMER NOCH ANDERE VERÄNDERN.

ES IST KEIN PROBLEM, DASS MENSCHEN HASSEN. ES IST EIN PROBLEM, DASS SIE SICH FÜR IHREN HASS SELBST VERURTEILEN.

30. Veränderung

Und du glaubst wirklich, dass es eine gute Idee ist und etwas bringt, Hasskommentare zu melden oder anzuzeigen und gegen Fremdenhass zu demonstrieren?

Dein freier Wille besteht darin, dass du die Wahl hast, worauf du deine Aufmerksamkeit richtest.

Du kannst dir gar nicht vorstellen, wie viel mehr es bringt, deine Aufmerksamkeit auf dich zu richten und dich selbst so anzunehmen und zu lieben wie du bist, statt andere zu verurteilen und verändern zu wollen.

Du würdest beginnen, die Welt zu retten, wenn du sehen könntest, dass alles in dir und nicht in den anderen ist.

Du würdest Frieden mit den dunkelsten Seiten in dir schließen und könntest das erste Mal sehen, was es bedeutet, menschlich zu sein.

Du wärst die Veränderung, die du dir so sehr in der Welt wünschst, weil du mit dir selbst in Frieden bist und so auch niemanden mehr hassen kannst.

Du würdest die anderen verändern, ohne sie verändern zu wollen, weil sie sich in deiner Nähe nicht mehr aufhalten können oder weil sie sich wegen deiner Ausstrahlung verändern.

Und du würdest erkennen, dass Fremdenhass immer Selbsthass ist.

Der Hass – auch der Hass gegen die Hassenden! – ist in dir.

Verdräng ihn nicht.

Er ist eine einmalige Chance!

**DEIN WEG ZU DIR IST SO EINFACH.
HÖR AUF ZU DENKEN.
FÜHL EINFACH DEINE GEFÜHLE.**

**DIESES GEFÜHL DARF JETZT
BIS ZUM ENDE MEINES LEBENS
HIER SEIN.**

**JEDE SITUATION IN DEINEM LEBEN
IST EIN TEST, UM HERAUSZUFINDEN,
WER DU WIRKLICH BIST.**

31. Hilfe

Das Leben ist nie gegen dich, sondern immer nur für dich.

Und alles in deinem Leben ist eine Hilfe!

Wir haben das Leben falsch verstanden.

Nichts ist dazu da, um dich von deinem Weg abzubringen.

Alles in deinem Leben ist eine Hilfe!

Eine Hilfe, um deinen Weg zu finden und weiterzugehen.

Jeder Widerstand ist eine Hilfe.

Jeder Unmut ist eine Hilfe.

Jede Trennung ist eine Hilfe.

Jede Unklarheit ist eine Hilfe.

Jede Angst ist eine Hilfe.

Jeder Ärger ist eine Hilfe.

Jeder Zorn ist eine Hilfe.

Jeder Hass ist eine Hilfe.

All das bringt dich näher zu dir!

Und alles hilft dir, in Zukunft noch klarere Entscheidungen zu treffen:

Für dein Leben, für die Liebe und damit für dich selbst.

**DENK SO VIEL DU WILLST
UND STELL DANN FEST,
DASS DAS NICHT DIE WAHRHEIT IST.**

**WENN DU MICH AUF DER
SCHWINGUNGSEBENE VERSTEHST,
VERSTEHST DU MICH AUCH WORTLOS.**

**KEINES MEINER WORTE IST WAHR …
BIS ES DICH BERÜHRT.**

32. Wahrheit

Gibt es eine absolute Wahrheit?

Ja, es gibt eine absolute Wahrheit.

Das ist nicht »meine Wahrheit«, sondern DIE Wahrheit.

Diese Wahrheit ist nicht in Worte zu fassen.

Diese Wahrheit ist keine Überzeugung.

Sie ist die Schwingung hinter den Worten und hinter den Überzeugungen.

Sie will nichts von dir.

Sie ist allgemein und ewig wahr.

Diese Wahrheit ist das, was du jenseits deiner Gedanken bist.

Es ist deine Essenz.

Du kannst sie in der Stille genauso finden wie im Lärm.

Du siehst ihren Ausdruck in der Kunst und in der Zerstörung.

Du kannst sie in der größten Liebe genauso wahrnehmen wie in unendlichem Hass, in der Versenkung genauso wie in der Extase.

Du kannst sie in jedem Menschen und in allem, was existiert, sehen.

Sie war nie nicht wahr und sie war nie weg.

Denn ohne diese Wahrheit gäbe es gar nichts.

Du bist ein Ausdruck dieser Wahrheit und du bist diese Wahrheit.

ES IST EINFACH.

33. Einfach

Willst du die Wahrheit wissen?

Die Wahrheit ist einfach:

Es ist einfach.

Es ist einfach für dich, dich zu lieben.

Es ist einfach für dich, die Umstände zu erschaffen, die dir ein inspiriertes Leben ermöglichen.

Es ist einfach für dich, ein inspirierendes Vorbild zu sein.

Es ist einfach für dich, die Welt mit deiner Liebe zu verändern.

Das Einzige, was dich davon abhält, ist dein Gedanke, dass es nicht einfach ist.

Dieser Gedanke blockiert deine gesamte Kreativität und Inspiration.

Dieser Gedanke hat eine Schwingung, die dich runterzieht und davon abhält, das zu tun, was du eigentlich willst.

Ich will nicht, dass du mir glaubst.

Ich will, dass du den Kontakt zu dir selbst wiederherstellst und es selbst fühlst, wie es ist, wenn du wirklich lebst.

Es ist einfach:

Es ist einfach.

IN ENDLOSER DANKBARKEIT UND LIEBE FÜR SOHAM.

soham.one

NACHWORT

Das Nachwort erhältst du kostenlos in meinem Mitgliederbereich. Du findest dort praktische Beispiele aus meinem Leben.

Diese Beispiele sollen dich inspirieren, eigene Wege zu finden und deine eigene Welt zu meistern.

Ich zeige dir, von welcher Welt du dich auf dem Weg zum Weltmeisterer nicht beeindrucken lassen darfst.

Das Nachwort wird laufend ergänzt.

WELTMEISTERER.DE/NACHWORT

ÜBER DEN AUTOR

Im Frühjahr 2012 habe ich meinen Lehrer nach 6 Jahren Schülerschaft um einen neuen Namen gebeten. Am 14. April 2012 hat mir Soham meinen neuen Namen Antaro gegeben und mir die folgende Namenserklärung geschickt. Noch niemals zuvor hat ein Mensch meinen Wesenskern so exakt beschrieben:

Antaro bedeutet INNEN.

Du bist ein Bote des Lichts, ein Überbringer des Ultimativen.

Das Innen ist dein Zuhause. Das Innen ist dein Fundament des Seins. Du hast enormes Potenzial, unendliche Fähigkeiten, ein Verstandes-Ignorierer, ein Lügen-Demaskierer, ein Revolutionär zu sein.

Sei also ein Rebell, ein Abenteurer, ein menschlicher Pionier — furchtlos, radikal, glücklich ohne ersichtlichen Grund.

Sei ein gefährlicher Mann. Lass dich von niemandem kontrollieren, verbiegen, manipulieren.

Lass das Innen deinen Meister sein. Lass diesen Moment deinen Führer sein. Dann bist du frei, wild, kein Teil der Schafherde, sondern ein starker, unabhängiger Löwe.

Wenn du dich zu etwas hingezogen fühlst, gehst du hin, wenn nicht, dann nicht. Dann kannst du nicht gequält werden, du kannst nicht beherrscht werden.

Du bist gefährlich — ein Individuum, integriert und tief verwurzelt in deinem Inneren, ein einfacher Mann der Wahrheit.

Du bist ein erleuchtetes Wesen, lebe einfach ein erleuchtetes Leben!

Es ist so einfach: Ignoriere den Verstand, sei authentisch, sprich die Wahrheit.

Lebe auf deine eigene Art. Lebe dein eigenes Leben und du wirst zum außergewöhnlichsten Wesen auf Erden erblühen mit deiner eigenen Ausstrahlung, deinem eigenen Stil, mit deinem eigenen Aroma.

Von hier aus vertraust du dir — nicht Regeln, Prinzipien, Disziplinen, Strukturen, Systemen.

Ab hier liegt dein Vertrauen in deinem Inneren.

Wenn dich etwas anzieht, gehst du ihm nach, du willst es herausfinden, du willst es erfahren, es integrieren, es zulassen.

So wächst du. So wächst du natürlich und reifst heran.

Du magst ein wenig exzentrisch erscheinen. Sei exzentrischer!

Du magst unmöglich erscheinen. Sei unmöglicher!

Sei einfach glücklich! Sei einfach du! Lebe von innen.

Lebe aus diesem Moment heraus. Ab hier ist es einfach.

Ab hier ist es offensichtlich.

Hier bist du der König der Welt, hier bist du der König des Inneren. Stark. Aufrichtig. Glücklich. Antaro.

Guten
Morgen,
Geliebte
AUDIOQUICKIE #1894

AUFWACHQUICKIES.DE

ENTBILDUNG.DE

'Under Construction', Auftragsarbeit für die Intensiventbildung 2023.

INTENSIVENTBILDUNG.DE

SVENJASTOCKHAUSEN.ART

‚Coming Back To Life', Auftragsarbeit für die Intensivenbildung 2023.

KRYPTOGOLD.ONLINE